Rhinocéros

FichesdeLecture.com

Rhinocéros
(Fiche de lecture)

I. INTRODUCTION

L'auteur

Eugène Ionesco, auteur dramatique et écrivain français, est né d'un père roumain et d'une mère d'origine française en 1909. Il est marqué par cette double culture. Il fait des études de lettres françaises à l'université de Bucarest.

En 1938, il part en France mais le déclenchement de la guerre l'oblige à reprendre le chemin de la Roumanie. Témoin privilégié des basculements totalitaires du XXe siècle, Eugène Ionesco assista, terrifié, en Roumanie, à la conversion au fascisme de la plupart de ses amis et camarades de sa génération.

Cette hideuse mutation idéologique est à l'origine de la pièce : « Le rhinocéros, c'est l'homme aux idées reçues. Dans la pièce, j'ai voulu tout simplement faire le récit d'une contagion idéologique. Je l'avais vécue, une première fois, en Roumanie, quand l'intelligentsia devenait peu à peu nazie, antisémite, "Garde de fer" ».

En 1942 il s'installe définitivement en France, obtenant après la guerre sa naturalisation. Il meurt en 1994.

L'œuvre

Cette pièce a été créée en 1959, au Schauspielhaus de Düsseldorf dans une mise en scène de Karl-Heinz Stroux. L'accueil fut triomphal à plusieurs reprises, la représentation fut interrompue par des applaudissements frénétiques. Cette pièce, inspirée par le nazisme a connu son premier triomphe dans le pays où avait eu lieu la plus spectaculaire épidémie idéologique du XXe siècle.

Cette pièce a été diffusée en 1959 et en 1960 dans différentes langues. Composée de trois actes, elle met en scène la contamination d'une population par une étrange épidémie de « rhinocérite ». Les habitants sont les uns après les autres transformés en rhinocéros.

II. RESUME DE LA PIECE

Acte I

Il est axé sur le début de la contagion à la rhinocérite. Les premières réactions sont la surprise, l'étonnement, l'indignation, le choc. C'est le premier stade de la mentalité collective, qui rappelle les populations face aux totalitarismes (notamment le nazisme) : peur et interrogations, doublées d'une réaction souvent typique des démocraties face à la menace totalitariste ; « nous ne pouvons pas le permettre »... mais les paroles ne se transforment pas en actes.

L'acte I se déroule sur une place tranquille d'une ville de Province, un dimanche matin. Le décor comprend une épicerie en arrière-plan et une terrasse de café où Jean, personnage imbu de sa personne attend Bérenger, son ami employé de bureau, bien plus timide. Il lui reproche de ne jamais arriver à l'heure, ainsi que son allure négligée et son manque de personnalité. Ce dernier ne réagit pas. Un rhinocéros traverse alors la place avec fracas. Les habitants du quartier sont d'abord interloqués et commentent son passage, puis ils vaquent à leurs occupations.

Bérenger aperçoit alors Daisy, une de ses collègues dont il est amoureux, mais est bien trop timide pour lui avouer ses sentiments. A la table voisine des deux amis, un Vieux Monsieur discute avec un Logicien. Ce dernier explique ce qu'est un syllogisme : « Tous les chats sont mortels. Socrate est mortel. Donc Socrate est un chat ».

Soudain, un second rhinocéros en liberté traverse la scène, dans l'autre sens cette fois, et écrase sur son passage le chat (1ère victime) et les courses de la ménagère.

Bérenger, de son côté, promet à son ami de faire des efforts : il va arrêter de boire et se cultiver. Trois interrogations arrivent dans la discussion : était-ce le même rhinocéros ? Celui-ci avait-il une ou deux cornes ? Etait-il d'Asie ou d'Afrique ? Le ton monte et Jean quitte la scène en colère, laissant Bérenger seul, regrettant sa dispute avec son ami. Le logicien commente : « il se peut que depuis tout à l'heure le rhinocéros ait perdu une de ses cornes ».

Acte II

Cet acte montre la contagion de la « rhinocérite » parmi tous les habitants. Ils se transforment petit à petit en rhinocéros, jusqu'à envahir la ville. Les premières divisions apparaissent entre les personnages. Certains cèdent déjà, d'autres résistent encore à la transformation. Voici comment se décompose la mise en scène de ce phénomène dans l'acte II :

Tableau 1

L'action se déroule dans un bureau d'administration juridique, le lendemain matin. Sur la scène, à gauche, se trouve le bureau de Daisy ; au premier plan, il y a une table et au fond, le bureau du chef de service. Daisy raconte qu'elle a vu deux rhinocéros dans la ville. Botard, un ancien instituteur, ne la croit pas ; quant à Dudard, un autre de ses collègues, il reste sceptique mais finit par être convaincu après avoir lu la confirmation de la nouvelle dans le journal. Le chef de service, M. Papillon, entre alors en scène et remet ses employés au travail. Pourtant la conversation continue. Mme Bœuf essoufflée fait irruption sur scène. Elle a été poursuivie par un rhinocéros jusqu'aubureau ! Il est d'ailleurs en train de détruire l'escalier, rejoint par une horde d'habitants transformés en rhinocéros : les employés sont donc bloqués. Mme Bœuf est persuadée que ce rhinocéros est en fait son mari (1ère victime humaine) ; elle part donc le rejoindre (« je ne peux pas le laisser comme ça »). Daisy appelle les pompiers qui sont débordés de travail. Ils arrivent quelques minutes plus tard et les évacuent par la fenêtre.

Tableau 2

Il a lieu dans la chambre de Jean, malade. Bérenger vient rendre visite à son ami. Il s'inquiète en le voyant, car une bosse commence à apparaître sur son front et sa peau prend une teinte verdâtre et se durcit. Il tient de plus des propos de plus en plus effrayants et s'agite, semble muer. Inquiétudes justifiées, puisque Jean se transforme finalement en rhinocéros. Lui qui était si fier de sa culture s'exclame d'ailleurs : « l'humanisme est périmé ! Vous êtes un vieux sentimental ridicule. ». Il préconise un retour à l'état animal et renie l'espèce humaine.

Acte III

Bérenger est désormais le dernier à agir humainement, en trouvant anormal de se transformer en animal et en appelant à résister.

Bérenger est dans sa chambre, allongé sur le divan. Il tousse mais lutte contre la maladie. On entend le vacarme des rhinocéros dans la rue. Entre Dudard, qui vient prendre de ses nouvelles. Ensemble ils discutent de la rhinocérite. Bérenger, qui d'habitude ne réagit pas beaucoup, paraît inquiet à ce stade de la pièce. Mais Dudard minimise la situation « Si épidémie il y a, elle n'est pas mortelle ».

Lorsqu'il informe Bérenger de la transformation de M. Papillon en rhinocéros, ce dernier s'indigne, déclarant que son chef avait « le devoir de ne pas succomber ». Dudard lui reproche sa réaction intolérante. Entre Daisy, qui apporte des vivres. Elle lui apprend de son côté que Botard est aussi devenu un rhinocéros, après avoir affirmé qu'il faut « suivre son temps ». Dudard, invité à rester pour déjeuner, préfère rejoindre le troupeau, car son « devoir est de suivre ses chefs et ses camarades ».

Daisy et Bérenger sont désormais les deux dernières personnes à ne pas s'être transformées. Ils imaginent leur avenir ensemble. Le téléphone sonne : on entend des barrissements au bout de la ligne. La radio ne parle que de cela. Petit à petit Daisy se détache de Bérenger et il ne peut que tenter de la dissuader de rejoindre les rhinocéros (« Que veux-tu qu'on y fasse ? Il faut être raisonnable, tâcher de s'entendre avec eux »).

Bérenger lui parle d'amour et de sauver le monde. Elle lui rétorque qu'il est fou et finit par le quitter. Il reste seul devant son miroir. Après quelques instants d'hésitation (doit-il les rejoindre ?), Bérenger décide de résister : « Je suis le dernier homme, je le resterai jusqu'au bout ! Je ne capitule pas ! »

III. ÉTUDE DES PERSONNAGES

Jean

C'est un personnage cultivé, sûr de lui, donneur de leçons (notamment envers son ami Bérenger), bien ordonné, ponctuel et autoritaire (par ses injures, ses critiques et l'utilisation d'impératifs). Il incarne au départ l'autorité et la raison. Peut-on le voir comme prédisposé au totalitarisme ? Car malgré son éloge de la culture, de nombreuses répliques semblent indiquer qu'il

est un terreau fertile à ces idées : « J'ai de la force, « la vie est une lutte »,
« la volonté » et même le racisme à travers le passage sur les Asiatiques.

Finalement, il ne s'oppose aux rhinocéros qu'au nom du « maintien de
l'ordre ». Son évolution est d'ailleurs intéressante lors de sa métamorphose
progressive en rhinocéros. On note les étapes de la transformation, qui sont
physiques, psychologiques (il perd sa pudeur) et morales (valeurs bafouées).
Du point de vue du discours, on peut remarquer la perte de la syntaxe et
un passage du vouvoiement au tutoiement.

Bérenger

C'est l'opposé de Jean : bohême, négligé, alcoolique et socialement à
part. Dès le début de la pièce, il est celui qui arrive en retard et qui garde
longtemps une attitude d'indifférence. Il n'a pas un style vestimentaire
en adéquation avec son métier ce qui choque Jean. C'est un être perdu et
désordonné, aussi bien dans les faits que dans l'esprit.

Il a un caractère dépressif et il manque de confiance en lui, d'ailleurs
lors du premier dialogue avec Jean, on sent qu'il a une position d'infério-
rité. Il n'ose pas contredire Jean, pourtant, il est plus ouvert que son ami.
Il sait contempler et apprécier les choses et être aimable. On perçoit un
grand mal-être chez ce personnage, ce qui transparaît dans sa timidité
face à Daisy. Puis il devient celui qui reste attaché aux valeurs humanistes :
on assiste donc à une inversion des rôles.

Botard

Ancien instituteur, il dénonce le racisme, mais de façon un peu décalée
et automatique. Il garde cependant des préjugés (« les méridionaux ont trop
d'imagination ») ; il est contre la religion « opium du peuple », la culture
élitiste (« l'université, cela ne vaut pas l'école communale ») : Botard est
donc souvent à la limite du populisme et de la théorie du complot.

Dudard

Plus modéré, il accepte d'abord tranquillement la présence des rhinocéros, comme un fait établi. Son indifférence est plutôt molle : « En quoi vous
gênent-ils ? ». Il explique tout mais minimise les faits par la même occasion.

Daisy

Amie de Bérenger, elle apparaît faible et quelque peu naïve, ce qui est confirmé par la fin de la pièce. Elle reste calme et paraît s'habituer à l'épidémie de rhinocérite.

IV. AXES DE LECTURE

Le « théâtre de l'absurde »

Le début des années 1950 marque le commencement d'une période d'innovations dramatiques dont le « théâtre de l'absurde » ou « théâtre de dérision » (Ionesco préférait ce terme), caractérisé par des « anti-pièces » et des « antihéros » qui rompent avec le théâtre classique de l'époque.

Issu du traumatisme qu'a créé la seconde guerre mondiale, le « théâtre de l'absurde » se distingue par son absence d'action, mettant en scène l'absurdité de l'homme et la déraison du monde. Dans ce style de théâtre le langage est volontairement déstructuré ce qui rend toute communication impossible entre les personnages.

Un langage déstructuré

Le langage occupe une place prépondérante dans le « théâtre de l'absurde » en effet Ionesco déstructure le langage, symbolisant ainsi l'aliénation de ses personnages. La langue employée est sèche et les dialogues très brefs.

Les dialogues insensés du premier acte marquent l'indifférence tragique des gens face au phénomène qui est en train d'arriver. L'absurde est introduit dans la pièce à travers plusieurs éléments. Cela passe d'abord par une satire du conformisme et de la fausse logique, via la technique du contrepoint, dès le premier dialogue entre le Logicien et le Vieux Monsieur. Ionesco met en scène une véritable dérision de la logique (« Socrate est un chat » !) et mêle comique et thèmes sérieux pour accentuer cette impression.

De nombreux critiques ont évoqué « une faillite du langage ». En effet, pour traduire ces dérives de la pensée, le dramaturge a développé un véritable dérèglement de la parole, en juxtaposant par exemple une suite de faux syllogismes (le Logicien) qui ne peuvent en fait qu'aboutir à une logique aberrante, voire au délire.

C'est cette même conversation qui s'entrecroise avec celle de la table voisine : ce procédé est appelé technique du contrepoint, et il rend ici la scène comique pour attirer l'attention du spectateur sur l'absurdité des propos tenus.

L'absurdité des comportements humains

Le « théâtre de l'absurde » a également mis en scène l'absurdité de la condition humaine. Ici elle passe notamment par l'angoisse existentielle du personnage de Bérenger. Celui-ci réfléchit à son état de mal-être mais ne peut trouver les mots justes : « C'est comme si j'avais peur », « des angoisses difficiles à définir ».

Socialement paralysé, il se sent « mal à l'aise parmi les gens ». Cela va plus loin que la scène publique, puisque sa propre personne lui pèse, voire le dégoûte. Ce sentiment s'exprime à travers le champ lexical du poids : « plomb », « fardeau », « pèse ».

Malgré les apparences, il se pose en fait des questions fondamentales sur l'existence. De ce point de vue, il incarne bien l'homme du XXe siècle qui remet en cause les idées reçues, les acquis, et qui a en fait perdu ses points de repères dans le monde.

Une dénonciation de l'absurdité de la condition humaine

Inspiration et engagement politique de l'auteur

Eugène Ionesco ne croit ni à l'histoire, ni à la politique qui pour lui ne sont ni les questions essentielles que se pose l'homme sur sa condition existentielle, ni les bonnes réponses. Ses œuvres dénoncent le poids de la société qui détourne l'homme de sa vie spirituelle.

Il est profondément individualiste et donc réfractaire à tout endoctrinement, à caractère religieux ou politique. Ionesco dénonce dans sa pièce, les dégâts de la contagion idéologique et la force aveugle de la masse.

Son expérience de la montée du fascisme en Roumanie dans les années 1930, puis son rejet du communisme lui ont inspiré cette pièce sur la montée d'une « hystérie collective ». Bérenger peut être vu par certains comme le double de l'auteur, il est aussi le héros de « Tueur sans gages », du « Piéton de l'air » et du « Roi se meurt ».

<u>*Une dénonciation du fanatisme politique*</u>

La pièce dénonce le fanatisme politique de doctrines comme le fascisme ou le nazisme. Ionesco a lui-même indiqué : « La rhinocérite, c'était le nazisme en Roumanie et puis ça a été, après, toutes sortes de totalitarismes. »

L'interprétation la plus fréquente de Rhinocéros est donc un portrait de la montée en puissance des régimes totalitaires, ou comment, étape par étape, la psychologie des foules évolue vers une adhésion quasi-totale aux idées de ces derniers. De ce point de vue, chaque acte souligne efficacement la progression de la contagion.

Le rhinocéros est un choix pertinent, dans la mesure où il sert à dénoncer la perte d'humanité, la transformation d'hommes apparemment « normaux » en monstres, qu'il s'agisse des intellectuels comme le Logicien ou de personnes respectant l'ordre établi, telles que Jean.

Bérenger, quant à lui, symbolise la résistance. Il considère la situation comme anormale et estime devoir résister. Cette résistance est d'abord une indignation face à la transformation de certains personnages, puis elle devient active dans le dernier acte.

Ionesco a déclaré : « Rhinocéros est sans doute une pièce antinazie, mais elle est aussi surtout une pièce contre les hystéries collectives et les épidémies qui se cachent sous le couvert de la raison et des idées, mais qui n'en sont pas moins de graves maladies collectives dont les idéologies ne sont que les alibis : si l'on aperçoit que l'histoire déraisonne, que les mensonges des propagandes sont là pour masquer les contradictions qui existent entre les faits et les idéologies qui les appuient, si l'on jette sur l'actualité un regard lucide, cela suffit pour nous empêcher de succomber aux "raisons" irrationnelles et pour échapper à tous les vertiges ».

<u>*Une dénonciation des comportements humains*</u>

L'évolution de la pièce est intéressante : de la peur et du rejet, on passe à l'habitude, la passivité ou non-réaction, pour finir au stade où les gens cèdent. Les arguments des protagonistes sont parfois très différents lorsqu'ils acceptent leur transformation en rhinocéros.

Mais tous représentent, à un moment donné, des franges de la population confrontée à une montée d'un totalitarisme, quel qu'il soit (nazisme, stalinisme...). Même les autorités basculent : dans le dernier Acte, ce sont d'abord les pompiers, puis la radio, et enfin « les autorités ».

La pièce dénonce aussi le manichéisme, l'instinct grégaire, l'engouement qui envahit et annule la volonté propre des individus. En effet, ils suivent les autres et deviennent des rhinocéros à l'instar de Mme Bœuf qui suit son mari puis de Daisy : « Que veux-tu qu'on y fasse ? Il faut être raisonnable, tâcher de s'entendre avec eux ».

Tout se déroule comme si les gens raisonnables et besogneux avaient perdu leur naïveté d'enfant et, par là-même, tout sentiment susceptible de les rattacher au genre humain. Par bêtise, par lâcheté, par fascination du groupe ou, plus simplement, par commodité, ils se sont détachés de leur humanité au profit d'un mode de vie qui ne nécessite aucune réflexion.

Bérenger est présenté, au début de la pièce, comme le personnage le plus faible, celui qui a le moins de volonté. Mais il est le dernier des êtres humains, celui qui ne capitule pas

Enfin, la pièce montre la fragilité de ce qui définit l'être humain. Pour rester humain, Bérenger devra se méfier de tous. Bérenger, pourra-t-il résister à la contagion ?

La réduction de l'espace et de la liberté

On assiste en effet à une réduction de l'espace. Les voies de communication avec l'extérieur se réduisent petit à petit. Dans un premier temps (au début de la pièce), la place est un espace ouvert où les personnages peuvent circuler librement.

Puis l'espace se réduit, les voies de communication deviennent des menaces. Il faut par exemple boucher les issues pour se protéger (scène du bureau). Enfin, Bérenger reste seul dans sa chambre. Cette réduction symbolise également celle de la communication. D'ailleurs les scènes de groupe disparaissent peu à peu. Dans l'Acte II, c'est le dialogue qui prédomine, puis l'Acte III se conclut sur le monologue.

Enfin, on peut souligner la position de Bérenger, le dernier homme : il est seul. Le fait qu'être lucide le conduise à cet isolement permet de s'interroger sur une question philosophique bien plus large, celle de la folie. La majorité a-t-elle toujours raison ?

Du comique au tragique ?

Le théâtre de l'absurde mêle humour puis drame, il y a beaucoup de non-sens et de grotesque. Avec un début comique et des personnages ridicules comme Jean ou le Logicien, le spectateur ne s'attend pas à une fin aussi dramatique et en si peu de temps.

Le comique est présent dans la métamorphose, notamment celle de Jean. Sa couleur verte, ses barrissements contre nature en font un personnage extravagant et grotesque qui prête à sourire. En réalité, Le comique contrebalance l'issue angoissante de cette métamorphose. Il accentue l'absurdité de la situation. Il nous aide à « accepter » l'inacceptable : la déshumanisation d'un homme.

La scène de dénouement au théâtre se doit d'être le sommet dramatique de la pièce : elle est traditionnellement le moment où le héros excite l'admiration du spectateur. La scène finale de « Rhinocéros » ne répond pas à cette attente : Bérenger y apparaît au contraire comme un antihéros, caractérisé par sa médiocrité.

En effet, le personnage est placé sous le signe de la laideur physique. Sur le plan moral, il paraît impuissant, incapable de réaliser sa volonté.

Dans la même collection en numérique

Les Misérables
Le messager d'Athènes
Candide
L'Etranger
Rhinocéros
Antigone
Le père Goriot
La Peste
Balzac et la petite tailleuse chinoise
Le Roi Arthur
L'Avare
Pierre et Jean
L'Homme qui a séduit le soleil
Alcools
L'Affaire Caïus
La gloire de mon père
L'Ordinatueur
Le médecin malgré lui
La rivière à l'envers - Tomek
Le Journal d'Anne Frank
Le monde perdu
Le royaume de Kensuké
Un Sac De Billes
Baby-sitter blues
Le fantôme de maître Guillemin
Trois contes
Kamo, l'agence Babel
Le Garçon en pyjama rayé
Les Contemplations

Escadrille 80

Inconnu à cette adresse

La controverse de Valladolid

Les Vilains petits canards

Une partie de campagne

Cahier d'un retour au pays natal

Dora Bruder

L'Enfant et la rivière

Moderato Cantabile

Alice au pays des merveilles

Le faucon déniché

Une vie

Chronique des Indiens Guayaki

Je voudrais que quelqu'un m'attende quelque part

La nuit de Valognes

Œdipe

Disparition Programmée

Education européenne

L'auberge rouge

L'Illiade

Le voyage de Monsieur Perrichon

Lucrèce Borgia

Paul et Virginie

Ursule Mirouët

Discours sur les fondements de l'inégalité

L'adversaire

La petite Fadette

La prochaine fois

Le blé en herbe

Le Mystère de la Chambre Jaune

Les Hauts des Hurlevent

Les perses

Mondo et autres histoires

Vingt mille lieues sous les mers

99 francs

Arria Marcella

Chante Luna

Emile, ou de l'éducation
Histoires extraordinaires
L'homme invisible
La bibliothécaire
La cicatrice
La croix des pauvres
La fille du capitaine
Le Crime de l'Orient-Express
Le Faucon malté
Le hussard sur le toit
Le Livre dont vous êtes la victime
Les cinq écus de Bretagne
No pasarán, le jeu
Quand j'avais cinq ans je m'ai tué
Si tu veux être mon amie
Tristan et Iseult
Une bouteille dans la mer de Gaza
Cent ans de solitude
Contes à l'envers
Contes et nouvelles en vers
Dalva
Jean de Florette
L'homme qui voulait être heureux
L'île mystérieuse
La Dame aux camélias
La petite sirène
La planète des singes
La Religieuse

À propos de la collection

La série FichesdeLecture.com offre des contenus éducatifs aux étudiants et aux professeurs tels que : des résumés, des analyses littéraires, des questionnaires et des commentaires sur la littérature moderne et classique. Nos documents sont prévus comme des compléments à la lecture des oeuvres originales et aide les étudiants à comprendre la littérature.

Fondé en 2001, notre site FichesdeLectures.com s'est développé très rapidement et propose désormais plus de 2500 documents directement téléchargeables en ligne, devenant ainsi le premier site d'analyses littéraires en ligne de langue française.

FichesdeLecture est partenaire du Ministère de l'Education du Luxembourg depuis 2009.

Plus d'informations sur www.fichesdelecture.com

ISBN: 978-2-511-02935-0